纳兰容若与《饮水词》

◎ 主编 金开诚

◎ 编著 李青华

吉林出版集团有限责任公司

吉林文史出版社

图书在版编目（CIP）数据

纳兰容若与《饮水词》/ 李青华编著．一长春：
吉林出版集团有限责任公司，2011.4（2022.1 重印）
ISBN 978-7-5463-4988-6

Ⅰ．①纳… Ⅱ．①李… Ⅲ．①纳兰性德（1654 ~
1685）－词（文学）－文学研究 Ⅳ．① I207.23

中国版本图书馆 CIP 数据核字（2011）第 053393 号

纳兰容若与《饮水词》

NALANRONGRUO YU YINSHUICI

主编/ 金开诚 编著/李青华

项目负责/崔博华 责任编辑/崔博华 钟 杉

责任校对/钟 杉 装帧设计/柳甬泽 王 惠

出版发行/吉林文史出版社 吉林出版集团有限责任公司

地址/长春市人民大街4646号 邮编/130021

电话/0431-86037503 传真/0431-86037589

印刷/三河市金兆印刷装订有限公司

版次/2011 年 4 月第 1 版 2022 年 1 月第 5 次印刷

开本/650mm×960mm 1/16

印张/9 字数/30千

书号/ ISBN 978-7-5463-4988-6

定价/34.80元

编委会

前　言

文化是一种社会现象，是人类物质文明和精神文明有机融合的产物；同时又是一种历史现象，是社会的历史沉积。当今世界，随着经济全球化进程的加快，人们也越来越重视本民族的文化。我们只有加强对本民族文化的继承和创新，才能更好地弘扬民族精神，增强民族凝聚力。历史经验告诉我们，任何一个民族要想屹立于世界民族之林，必须具有自尊、自信、自强的民族意识。文化是维系一个民族生存和发展的强大动力。一个民族的存在依赖文化，文化的解体就是一个民族的消亡。

随着我国综合国力的日益强大，广大民众对重塑民族自尊心和自豪感的愿望日益迫切。作为民族大家庭中的一员，将源远流长、博大精深的中国文化继承并传播给广大群众，特别是青年一代，是我们出版人义不容辞的责任。

本套丛书是由吉林文史出版社和吉林出版集团有限责任公司组织国内知名专家学者编写的一套旨在传播中华五千年优秀传统文化，提高全民文化修养的大型知识读本。该书在深入挖掘和整理中华优秀传统文化成果的同时，结合社会发展，注入了时代精神。书中优美生动的文字、简明通俗的语言、图文并茂的形式，把中国文化中的物态文化、制度文化、行为文化、精神文化等知识要点全面展示给读者。点点滴滴的文化知识仿佛颗颗繁星，组成了灿烂辉煌的中国文化的天穹。

希望本书能为弘扬中华五千年优秀传统文化、增强各民族团结、构建社会主义和谐社会尽一份绵薄之力，也坚信我们的中华民族一定能够早日实现伟大复兴！

目录

一、"国初第一词人"

（一）显赫的纳兰世家

纳兰容若，生于清顺治十一年（1655年），卒于清康熙二十四年（1685年），年仅31岁，原名成德，后为避太子允礽嫌名（保成）改名性德，字容若，号楞伽山人。

纳兰家族是蒙古族的后裔，它的先祖可上溯至海西女真叶赫部。纳兰的祖父尼雅韩随叶赫部迁至建州，受佐领职。在入关过程中，积功受职。尼雅韩的妻子为墨尔齐氏，有长子郑库，次子明珠。

纳兰容若的父亲是康熙时期权倾朝野的宰相纳兰明珠，纳兰明珠生于天聪九年十月初十（1635年11月19日），早年任侍卫，后来历任内务府郎中、内务府总管、弘文院学士、刑部尚书、兵部尚书、武英殿大学士、加太子太傅，又晋太子太师，成为名噪一时、权倾朝野、炙手可热的康熙朝重臣；母亲觉罗氏为英亲

王阿济格第五女，一品诰命夫人。而其家族——纳兰氏，隶属正黄旗，为清初满族最显赫的八大姓之一，即后世所称的"叶赫那拉氏"。纳兰明珠有三子，长子为纳兰性德。

纳兰揆叙，明珠次子，初为佐领、侍卫，后由翰林院侍读，侍讲学士擢掌院学士，兼礼部侍郎，迁工部右侍郎，转工部左侍郎，迁都察院左都御史，仍掌翰林院事，著有《益戒堂集》《鸡肋集》

《隙光亭杂识》《后识》等。

纳兰揆方为明珠三子，其妻为礼亲王代善曾孙和硕康亲王杰书第八女，是为郡主。揆方作为和硕额驸（郡马），其礼遇与公爵同。

纳兰家族因封建贵族制度而世代为官，并一度位极人臣，通过血缘、婚配等与清王朝构成千丝万缕的联系。纳兰性德本人及胞弟揆叙和儿子福格均极具才学；父兄子弟所供职官亦文武兼具，由此构成的家族世系，是封建上流社会的缩影，具有相当的典型意义。

（二）短暂而辉煌的一生

对于纳兰容若来说，他是幸运的，出生在一个皇亲贵胄之家，他的一生注定是富贵荣华、锦衣玉食。然而，也许是造化弄人，纳兰性德偏偏是"虽履盛处丰，抑然不自多。于世无所芬华，若戚戚于富贵而以贫贱为可安者。身在高门广厦，常有山泽鱼鸟之思"。

容若的一生正是其父亲横征暴敛、炙手可热的时期。纳兰明珠虽然卖官鬻爵、贪婪无比，然而他附庸风雅、喜爱藏书。容若因此可以读到大量文史典籍，加之本来天资聪颖，因此少年时期就表现出杰出的才华。他 17 岁入太学读书，为国子监祭酒徐文元赏识，推荐给其兄内阁学士、礼部侍郎徐乾学。纳兰性德 18 岁参加顺天府乡试，考中举人，19 岁准备参加会试，但因病没能参加殿试。尔后数年中他更发奋研读，并拜徐乾学为师。纳兰性德 22 岁时，再次参加进士考试，以优异成绩考中二甲第七名。康

熙皇帝授他三等侍卫的官职，以后升为二等，再升为一等，但作为诗文艺术的奇才，他在内心深处厌倦官场庸俗和侍从生活，无心功名利禄。

在交友上，纳兰性德最突出的特点是其所交"皆一时俊异，于世所称落落难合者"，这些不肯悦俗之人，多为江南汉族布衣文人，如顾贞观、严绳孙、朱彝尊、陈维崧、姜宸英等等。纳兰性德对朋友极为真诚，不仅仗义疏财，而且敬重他们的品格和才华，在他的身上有着不同于一般的清朝贵族纨绔子弟的远大理想和高尚人格。

1674年，纳兰性德20岁时，娶两广总督卢兴祖之女为妻，赐淑人。是年卢氏年方十八，"生而婉娈，性本端庄"。成婚后，二人夫妻恩爱，感情笃深，新婚美满生活激发他的诗词创作。但是仅三年，卢氏因产后受寒而亡，这给纳兰性德造成极大痛苦，从此"悼亡之吟不少，知己之恨尤深"。沉重的精神打击使他在以后的悼亡诗词中一再流露出哀婉凄楚的不尽相思之情和怅然若失的怀念心绪。

容若一生勤于笔耕，他在短暂的人生历程中创作了大量的作品，所著《通志堂集》，包括赋一卷，诗、词、文、《渌文亭杂识》各四卷，杂文一卷。其文学

主张散见于《渌文亭杂识》、致友人的书
牍、诗词及《原诗》《赋论》等专论中；
其诗多描述山水田园自然景物，长于七
绝，《西苑杂咏》四十首，《四时无题诗》
十六首皆为七绝组诗；其文多经解序录，
风格古朴质实。他又工书法，对经史很
有研究，编刻成《通志堂经解》。然而其
创作成就最高、对后世影响最大的还是
他的词。

纳兰性德虽然只有短短三十一载的
寿命，但他却是清代享有盛名的大词人
之一。在当时词坛中兴的局面下，他与
阳羡派代表陈维崧、浙西派掌门朱彝尊
鼎足而立，并称"清词三大家"。

二、贵胄之家的"多余人"

　　纳兰容若，一个出生于钟鸣鼎食之家的贵公子，他显赫的身份在旁人看来是风光无穷的，他是相国的公子，又是皇亲国戚，可谓高高在上。但是这些对他来说，并不是他最想要的，在他的心中也常常充满了痛苦与彷徨。这从他在作品中处处流露出的孤独情绪中可见一斑。当我们在沉重的生存压力下为自我的丢失而惶恐的时候，我们也可以找到纳兰的彷徨与痛苦——一个总是在格格不入中挣扎的敏感诗人，一个钟鸣鼎食之家的"多余人"。

"对于传统和现实不满，对未来感到迷茫，徒有聪明才智，却找不到自己在社会中的位置和未来人生的方向。"这是俄国诗人普希金对"多余人"这个概念的阐述。"多余人"最初出现在赫尔岑的《往事与随想》中，是 19 世纪俄国文学中所描绘的贵族知识分子的一种典型。他们的特点是出身贵族，生活在优裕的

环境中，受过良好的文化教育。他们虽有高尚的理想，却远离人民；虽不满现实，却缺少行动，他们是"思想上的巨人，行动上的矮子"，只能在愤世嫉俗中白白地浪费自己的才华。

容若的一生是可悲可叹的一生，尽管短暂，却令人刻骨铭心。宛如其词作一般，读者想要步步逼近真相，却总是不忍伸手揭去面纱。他是天子近侍、相国公子，有着不可估量的前途，但荣华富贵之中包裹着的却是一颗疲惫的心。容若被称为"古之伤心人"，这伤心正来自于荣华富贵、功名利禄，来自于视如股肱的天子、望子成龙的父亲，让他无法释怀，只能在词笺中向知己者倾、向后人诉。

（一）盛世的不谐之音

江南好，建业旧长安。紫盖忽临双鹢渡，翠华争拥六龙看。雄丽却高寒。

江南好，城阙尚嵯峨。故物陵前唯石马，遗踪陌上有铜驼。玉树夜深歌。

以上是纳兰性德《梦江南》系列词中的两首。康熙二十三年（1684 年）九

月至十一月，清圣祖首次南巡，抵金陵、苏州、无锡、扬州、镇江等地，纳兰性德以侍卫随扈。他在途中一连写了十一首《梦江南》词，记录了这一路的景致和自己的感受。

作为皇帝身边的扈从，又是尽人皆知的填词高手，纳兰性德的这十一首《梦江南》应有不少是应制之作，出现于上面第一首的"紫盖忽临双鹤渡，翠华争拥六龙看"这样的赞美之辞，也不足为奇了。但是，这样的赞美似乎还是太少了。如果单看这几首词，不了解背景的话，谁也不会想到这是在一次伴君扬威之旅中写下的。反而像是一个在羁旅中的词人，背着行囊在江南的烟雨中徜徉、慨叹。忽而赞美江南的景致"何处异京华"，忽而忆古感慨"铁瓮古南徐"。旋而又惊讶地发现"佳丽数维扬"，陶醉于"自是琼花偏得月，那应金粉不兼香"，完全是一个普通旅人在旅途中所见的种种形

态。或许这还并不为过，真正使纳兰显得格格不入的是他对前朝、今朝的态度，既没有过多的贬斥，也没有过分的颂扬。

作为皇帝身旁的一个正黄旗贵族，理应对本王朝建立的丰功伟绩大加赞颂，并有一种发自心底的自豪之感，对汉人仍念念不忘想要恢复的明王朝表示不屑。也许是南方那种浓厚的汉人文化气息的感染，我们看到的纳兰似乎总是在回忆那个已经灭亡了近半个世纪的王朝。有些词作的目的虽然是夸耀天子出行的盛大，但一到南京，纳兰立即想到的却是"建业旧长安"。随康熙帝拜谒明孝陵所作的词作，通篇都被一种清冷、孤寂的调子所笼罩。虽然他借用了"玉树后庭花"之典以起以史鉴今之意，但意境却是凄冷、破败的。在这字里行间，没有一个征服者的快意和自豪，反而有一种人世沧桑的落寞与悲凉。"玉树夜深歌"，在年富力强、踌躇满志的康熙帝身边传出这样的兴亡之叹，是如此突兀而不谐。

（二）不和谐的交友

作为一个贵族公子，纳兰的朋友圈子本应该建立在京城贵族青年的群体上。而从他的词作中，从史书的记载以及别人的评传来看，纳兰在贵族公子的圈子里似乎并没有一个真正志同道合的朋友。"君

所交游，皆一时俊异，于世所称落落难合者，若无锡严绳孙、顾贞观、秦松龄，宜兴陈维崧，慈溪姜宸英，尤所契厚。"（《纳兰君墓志铭》）可见，他的朋友大多是江南的汉族布衣文人，这在清朝贵族青年中是比较罕见的。

除了顾贞观之外，纳兰还给很多汉族文士朋友写过词。如对岭南三大家之一的梁佩兰"一帽征尘，留君不住从君去"的依依惜别，对远方的好友张纯修"追念往事难凭。叹火树星桥，回首飘零"的思念，为陈维崧所做的"须髯浑似戟"的幽默小像。甚至对还有不知名的南方友人"一味相思"的怀念。这些词都生动地记下了纳兰与汉族文士交往的友情，使纳兰的词充满了浓郁的人情气息，同样也让他与贵族圈格格不入。

（三）无穷的人格魅力

自占不乏文武全才，然而容若不单单是文武全才，更是"浪淘尽"的"千古风流人物"。容若一生"善为诗，尤喜为词"，最高文学成就亦当属词，其词作"以自然之眼观物，以自然之舌言事"，沁人心脾，再加上一笔遒劲的《褚河南》，当时就有了"家家争唱饮水词"的美誉。从此，容若带着他"直追后主，并驾小山"

的词集成为清朝词坛的一颗璀璨之星!

　　容若不单是一个性情中人、善感词人，同样也是马上打天下的满人的后裔，武功自是其必修之科。22岁的容若就被钦点为入值宫闱、出进扈从的三等御前侍卫，并很快晋升为一等，足见容若的武艺之精湛。容若就是这样一位"雕弓书卷，错杂左右"的文武兼备之人，即便他对自己走入武仕不满，对自己入值大内不以为然，甚至也许会有弃武从文、隐逸田园的念头。

（四）在矛盾中痛苦抗争

康熙十五年（1676年），纳兰性德参加殿试，一鸣惊人，名居二甲第一，赐进士出身，授三等侍卫。从此，"上眷注异于他，侍卫久之，晋二等，寻晋一等"。短短的时间，接连得到提升，可谓仕途顺利，春风得意。然而，在伴君十年的侍卫生涯中，纳兰性德的内心却充满了矛盾和痛苦。

1. 理想与现实的矛盾

在一般人看来，当侍卫是接近皇帝的最佳途径，既实惠又荣耀，可是在纳兰看来，侍卫要处处体察皇帝的意图行事，与奴仆家丁无异。而就纳兰性德追求的人生理想来说，他是个具有政治热情和社会责任感，有着远大抱负和卓越见识的满族青年。在他的词中洋溢着书生豪气和少年壮志，表明了他渴望为国

家、民族建功立业的宏伟志向。他也以为凭自己出众的才华和高贵的门第，获取进士功名后可以轻而易举地实现自己的理想和愿望，从而完成一个儒生政治家的人生理想。可是在封建社会，理想愈高，愿望愈多，阻力也就愈大，实现理想的过程也就愈加困难。

2. 个性与现实的矛盾

在纳兰的诗词作品中，充满了"愁似湘江日夜潮"的情绪，他内心的煎熬，体现在他的词作中，处处言愁。他自己有一首《拟古》诗写道："予生未三十，忧愁居其半，心事如落花，春风吹已断。"此外，像"倚栏无绪不能愁""唱罢秋坟

愁未歇""是一般心事，两样愁情""一种烟波各自愁"之类的词句在纳兰词中俯拾皆是。有人统计在纳兰性德现存的348首词里，用"愁"字共90次，"泪"字65次，"恨"字39次，其余如"断肠""伤心""惆怅""憔悴""凄凉"等字句触目皆是。所以，后人在评价纳兰词时，多用"哀感顽艳"来评价其风格。

3. 鄙薄仕宦与保家亢宗的矛盾

平庸的侍卫生活与理想相去甚远，而所处环境又充满了讥谗和危机，加之羁旅天涯，亲人分离的凄苦，种种重压和折磨，长期笼罩在纳兰性德的心头，冷却了纳兰性德的仕宦之心。虽然他的职位连连提升，皇帝也十分赏识他的才干，可他就是闷闷不乐，御座近在咫尺，但理想却远在天涯，他不甘于让生命消磨在尊荣而又庸碌的位置上。他曾经把自己比作雪花，因为雪花"冷处偏佳，别有根芽，不是人间富贵花"。从中可见他鄙薄繁华，格调孤高的性格，也可窥见纳兰性德的灵魂。他是翩翩俗世公子，置身于名利的藩篱之中却超然脱俗。然而，纳兰性德虽然鄙视富贵荣华，实际上又不可能摆脱红尘。生长在"乌衣门第"的他，又不得不迫使自己去适应这种生活，这就更加剧了他的内心矛盾和痛苦。

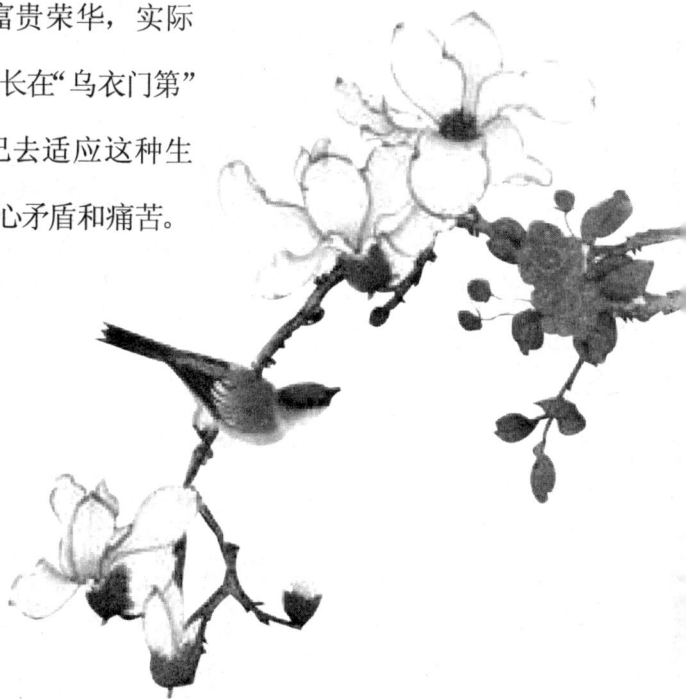

三、词中精品《饮水词》

（一）《饮水词》简介

纳兰性德词作现存348首（一说342首），内容涉及爱情友谊、边塞江南、咏物咏史及杂感等诸多方面。尽管以作者的身份经历，他的词作数量不多，眼界也并不算开阔，但是由于诗缘情而旖旎，而纳兰性德是个真性情的人，因而他的词作尽出佳品，备受时人及后世好评。近代著名学者王国维就给纳兰以极高赞扬："纳兰容若以自然之眼观物，以自然之舌言情。此由初入中原未染汉人风气，故能真切如此。北宋以来，一人而已。"而况周颐也在《蕙风词话》中誉其为"国初第一词手"。

纳兰性德词作先后结集为《侧帽》《饮水》，后人多称纳兰词。《饮水词》的名字由来为南宋岳珂《桯史·记龙眠海会图》中"如鱼饮水，冷暖自知"纳兰由此命名自己的词集为《饮水词》。

纳兰性德早年曾刻《侧帽词》，康熙十七年（1678 年）又委托顾贞观在吴中刊成《饮水词》，此二本刻于性德生前，今皆不见传本，只知《饮水词》收词不多。

因为纳兰性德的生活面比较窄的缘故，《饮水词》在内容上也主要以悼亡、恨别、男女情思、与友人赠答酬唱等几个方面见长，词作基本上不涉及到社会政治生活。其悼亡之作主要表达的是追念前妻卢氏之情，写的真切感人。纳兰还曾出使过边陲，亲尝过远离家乡的离情别绪，因此"恨别"也成为《饮水词》的一个重要内容。《饮水词》中大都是真情之作，纳兰本人是主张"诗乃真声，性情之事也"。而他的词作也正是他这种主张的具体体现。

《饮水词》在语言特色上追求的是"天然去雕饰"，即不过分追求辞藻，他主张自由抒写性情，反对雕琢矫饰。纳兰反对雕饰，并不是他不重视锤炼，而是主张不露斧凿之痕，艺术上归于自然。纳兰性德生性淡泊，思乡、思亲、思友的主题，词集里多有所见。顾贞观说："容

若词一种凄惋处令人不忍卒读。"王国维论及纳兰性德时说："纳兰容若以自然之眼观物，以自然之舌言情。此初入中原未染汉人风气，故能真切如此。北宋以来，一人而已。"

（二）《饮水词》的表现手法：物性关照、风物起兴

1. 物性关照

在纳兰性德的诗词中，写景状物关

于水、荷尤其多。对于水，纳兰性德是
情有独钟的。在中国传统文化中，水被
认为是有生命的物质，是有德的。并用
水之德比君子之德。滋润万物，以柔克刚，
川流不息，从物质性理的角度赋与其哲
学的内涵。这一点尤其被纳兰性德所看
重。

纳兰性德把属于自己的别业命名为
"渌水亭"，一是因为有水，更是因为慕
水之德以自比。并把自己的著作也题为
《渌水亭杂识》。词人取流水清澈、澹泊、
涵远之意，以水为友、以水为伴，在此
疗养、休闲、作诗填词、研读经史、著
书立说，并邀客宴集，雅会诗书。就在

他辞世之时，也没离开他的渌水亭。

纳兰性德的诗词中，对荷花的吟咏、描述很多。以荷花来比兴纳兰公子的高洁品格，是再恰当不过的。出污泥而不染是文人雅士们崇尚的境界。它起始于佛教的有关教义，把荷花作为超凡脱俗的象征。纳兰性德所居、所乐之处均有水存在，水中的荷花更陶冶诗人的性情。

2. 风物起兴

纳兰性德作为皇帝的侍卫，经常伴随皇帝出游，因此游览了许多风景名胜和古迹，通过对所写地方进行体察，能够更深刻、更全面地了解和认识纳兰性德此类诗词创作的起因和他丰富的文史知识以及对客观事物形象准确的感受。

纳兰在写风光景物时，一般都是比较清新抒情的，不似前般怀古之作，比较凝重深沉。这里一方面反映他的性格与水域情结相吻合；另一方面，当时文化发达的江南对词人的影响，使凡与此文化生发环境相一致的情调就容易在作者的心绪上形成一种内在暗合，调动起他舒和明朗的创作情绪。纳兰性德的这类诗词，受着他阅历风光名胜的影响，有感而发，由此及彼，由有限到无限。这是他的一种生活之源，这种生活对他的创作具有提示、陶冶作用，从这个意义上讲，这也是生活对他创作的一种赐予。

四、凄婉缠绵的爱情词

　　纳兰词中最具特色、最能代表其个性的作品是他的爱情词，而在他的爱情词中以悼亡词最为典型。纳兰爱情词"不光占有纳兰词三分之一多的篇幅，而且是其全部词中的精华，是诗人呕心沥血，掬其眼泪，和墨铸成的珍品"。爱情词在纳兰词中占有如此大的比例，在文学史上有着特殊的意义。

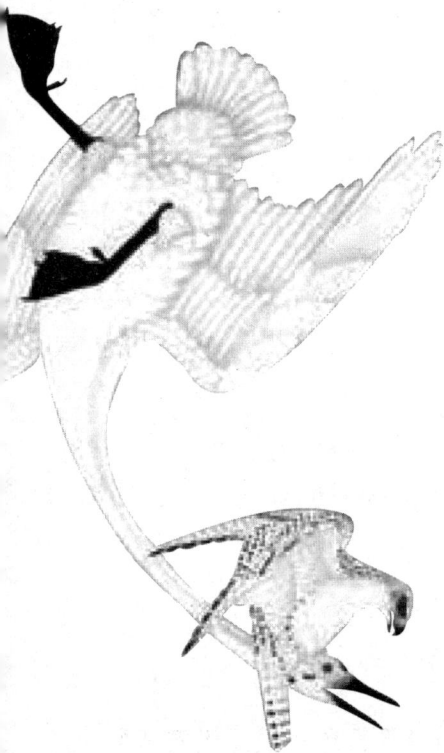

（一）感人至深的悼亡词

说起悼亡，并非纳兰性德所独创，在先秦时早已有之，如在《诗经》中就有悼亡的诗作。在中国诗歌史上，比较有影响的悼亡诗词，首推晋代诗人潘岳的三首《悼亡诗》，特别是第一首，诗人对亡妻真挚情爱的深重悼亡之情跃然纸上，后人遂把"悼亡"作为怀念亡妻诗作的代称。另外，唐代著名诗人元稹也有悼亡之作，名之曰《遣悲怀》。宋代著名文学家苏轼在其《江城子·已卯正月十二夜记梦》中写道："十年生死两茫茫，不思量，自难忘。"在岁月的急速流逝中，转瞬之间已是十年，恩爱夫妻撒手永诀，以致双方对于彼此的境况一无所知。宋代还有一位被人们誉为"贺梅子"的诗人贺铸，他也写过一首怀念妻子的力作《半死桐》。

纳兰性德的悼亡词情真意切，除数

首副题标明为"悼亡"之外，尚有数十首可视为悼亡之作。其悼亡之作数量之多、情感之浓、古今少有。究其原因有四：一是词人性格气质使然；二是与其一生悲慨有关；三是词人善于以词抒情；四是诗人对卢氏有生死同心之爱。其词是死者对生者的期望，也是生者对死者的承诺，既表达了两人真挚浓厚的爱情，又表现了人性中最真实美好的情感。从这个角度读纳兰词，带给读者的将不仅仅是感动。

（二）纳兰性德悼亡词的成因

纳兰性德写下如此多的悼亡词，还出于他自身特殊的原因。

其一，性格原因。在性格方面，纳兰性德是一位感情丰富、多情多义之人。他曾刻有一方印，印文为"自恨多情"，此印浓缩了他对自己感情世界的评价。纳兰性德自幼习读经史典籍，受儒家思想影响极深，他青年时期拜经史大家徐乾学为师，细心研究经史，刊刻《通志堂经解》，并撰写经解序数十篇，可知他下过很大的

工夫。同时又博览群书，撰写出《渌水亭杂记》，阐述心得。他向往忠孝节义之理念，故他一生对皇帝忠，对父母孝，对朋友义，对妻子爱，他超凡脱俗，有平原君之风采心胸，受到时人爱慕。他对友人"以朋友为肺腑"生死之交的感情，和对卢氏长久沉痛的眷恋，都建立在这种思想基础之上。也正是这种思想使他形成了多愁善感的性格，而多愁善感是一位优秀词人最不可缺少的心性与气质。

其二，与对自己的境遇不满，一生悲慨有关。纳兰性德的词并不是只在写悼亡时的悲慨，他的词风在整体上被评价为"悲感顽艳"，悲情是其主调。那么他的悼亡词便与他的心境有了直接的关系，悼亡也成为他发泄心中悲凉情绪的一种方式。纳兰性德的思想和心境经历了一个由初入仕途的兴奋，很快转为厌弃官场生活的过程，这个转折过程的开

始，大致与卢氏的去世时间一致，而且这种心情伴随了他的一生。在他 19 岁时，因病未能参加廷试，他非常遗憾地写了《幸举礼闱以病未与廷试》诗，22 岁时中进士，不久任侍卫之职，此时他的情绪高涨，《西苑杂咏和荪友韵》二十首最能反映他这时的心境。

其三，出于纳兰性德对词的特殊理解与偏爱。纳兰性德少年时即偏爱于词，并对词体有特殊的理解，故以词悼亡成为表达思念卢氏的主要方式。他在《与梁药亭书》中说："仆少知操觚，即爱《花间》致语。以其言情入微，且音调铿锵，自然协律。"可知，他学填词是从《花间集》风格入手的。纳兰性德填词从《花间集》入手，奠定了他的词作风格。不过随着年龄阅历的增加，尤其是结识了词坛名家严绳孙、梁佩兰、顾贞观、陈维崧、朱彝尊等人之后，对词有了更为深刻的认识。他认为"《花间》之词如古玉器，贵重而不适用。宋词适用而少贵重。李后主兼有其美，更绕烟水迷离之致"。即主张词既要"贵重"，又要"适用"。贵重是说词要庄雅，适用是指抒发自家真情，他认为只有南唐后主李煜"兼有其美"，故其词风近似李煜。纳兰性德对填词有了这样深刻的认识和品味，他的悼亡词写得首首凄清真切也就不足为奇了，这也是他的悼亡词能够达到旁人难以企及高度的重要原因。

其四，因为纳兰性德对其妻卢氏有刻骨铭心的爱情。纳兰性德娶卢氏为妻，应该是出于两情相悦。从纳兰性德的词作中，可以看出他们之间爱情的深厚。卢氏去世之后，纳兰性德立刻写了一首《青衫湿遍·悼亡》，词中有"半月前头扶病"，可知写于卢氏刚刚去世之时。此词写了卢氏生前即"小胆怯空房"，对她死后"独伴梨花影"的担忧，也写了卢氏去

世前对他的忧伤的担心，和两人诀别前的海誓山盟，情感极为沉痛而真实。词之结尾"难禁寸裂柔肠"，表达了他对卢氏生死同心的爱怜之情，足以使人掩卷而泣。纳兰性德的悼亡词所表达的思念卢氏的情感，首首都如此浓烈，两人爱情之深，由此可见一斑。这也是纳兰性德悼亡之作数量既多情感又浓的最为重要的原因。纳兰性德的悼亡词血泪交融、情深义重，是死者对生者的期望，也是生者对死者的承诺。它不仅表达了纳兰性德与卢氏之间个人的真挚爱情，而且表现了人类对最纯洁情感的追求。

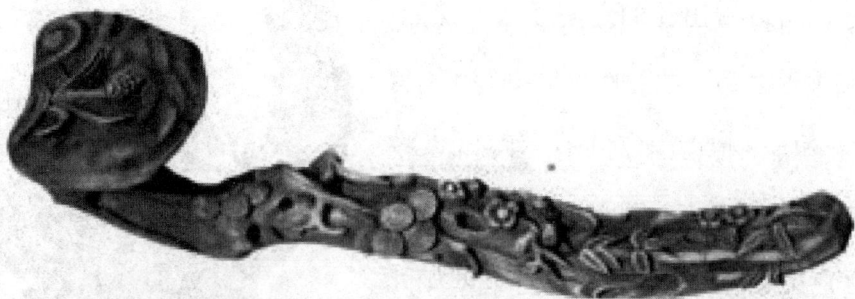

（三）纳兰爱情词的艺术特色

1. 思想内容丰富多彩

纳兰爱情词较重视创作内容。它既有具体明确的对象，如妻子卢氏，也有朦胧的爱情，如《画堂春》："一生一代一双人，争教两处销魂。相思相望不相亲，天为谁春……"值得一提的是，词人写给妻子卢氏的作品。作者既有思慕之作如《浣溪沙》，也有怀念悼念之词，如《青衫湿遍·悼亡》《沁园春·代悼亡》《南乡子·为亡妇题照》等。而悼亡之作在纳兰爱情词中占据重要的地位，它不仅在数量上为历代诗人之冠，而且其旖旎悲切催人泪下，也在文学史上罕见，这也成为纳兰爱情词的一大特色。

作品源自生活，笃实真挚的感情，是纳兰悼亡之作酸楚悲凉、哀音绝响的思想基础。纳兰性德一生的爱情生活失意多于得意，眼泪多于欢笑，悲凉伤感，凄怨苦多，可以说是"玫瑰色和灰色"的和谐统一。纳兰性德继承了李煜词"哀感顽艳"的词风以及多感慨少修饰、大胆自然、带有民歌的情趣等特色。但与李煜的爱情词比较，它又有自己的特色。纳兰爱情词比李煜词所表达的爱情信念坚定、纯洁。词人不管身在何处，总拂不去对爱人刻骨铭心的思念，尤其是在妻子卢氏去世之后。

2. 运用具象来表达爱情意象

纳兰爱情词借具体的事物表达真实的感情，如诗中多次运用"梨花""回廊"

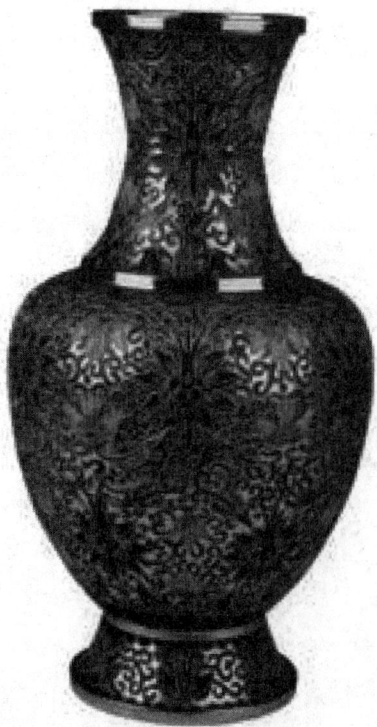

等来寄托他的感情。纳兰借"梨花"代表美丽纯洁的爱情，借梨花那洁白的色调表达出卢氏楚楚动人、美丽寂寞的神韵，而且借梨花飘零凋谢的特征抒发他凄凉与哀怨的思绪。

梨花而外，纳兰爱情词也多次提到"回廊"。如《减字木兰花》"……待将低唤，直为痴情恐人见。欲诉幽怀，转过回廊敲玉钗"。摄人心魂的一瞬，"回廊"成了词人萦怀终生、咏叹不已的圣地。

词人不仅以"梨花""回廊"等具体的事物表达抽象的恋情，而且以虚幻的梦想来表达挥之不去的思念。纳兰爱情词明确写梦的诗就达 34 首之多，占纳兰爱情词的四分之一。

3. 词从对面入手

纳兰爱情词有一部分从女主人公的角度入手写词人的思念，强调女主人公的活动与心理感受，加强了作品的主动性与灵活性，给人以新鲜而又强烈的心灵冲击。纳兰爱情词有 15 首从对方立意写绵绵思念之情。丽人在乍暖还寒的春天里孤寂无聊，"窗前桃蕊娇如倦，东风泪洗胭脂面。人在小红楼，离情唱《石州》"（《菩萨蛮》）；愁人苦夜长时"萧萧几叶风兼雨，离人偏识长更苦。欹枕数秋天，蟾蜍下早弦。夜寒惊被薄，泪与灯花落。无处不伤心，轻尘在玉琴"；写闺人思念自己时"是年年、肠断黄昏"（《唐

多令·雨夜》)。词人所思无处，更增添
了伤痛之苦，这也是作者作词的高明之
处。正如浦起龙在《读杜心解》中对杜
诗的评价"心已神驰到彼，诗从对面飞
来"。词从对面写，不说自己在思念，而
是假想对方在思念自己，这更为深切地
表达出相思之苦，爱之深思之切。

（四）纳兰爱情词艺术风格形成的原因

纳兰性德的生活环境对其爱情词风
格的形成有着重要影响。纳兰家族与清
王朝有着特殊的姻亲关系，加上清军入

关后，纳兰性德的祖父尼雅韩随军从征，屡建战功。纳兰性德生活在一个权倾朝野的富甲王侯的家庭。纳兰性德的父亲明珠是康熙前期权臣，聪慧机敏，口若悬河，兼通汉满语言文字。优越的生活环境使他从小就受到包括满汉语言文字在内的文化的熏陶。他的汉族老师丁腹松是一位性格耿直、博学能文的老举人。后纳兰性德转入顺天府，在当时最高学府国子监学习。他曾拜著名学者徐乾学为师，钻研经史。并与徐乾学通力合作编辑了卷帙浩繁、工程宏大的《通

志堂经解》。纳兰性德"性雅好读书",遍览古贤圣书,这对他在词风上继承唐宋(北宋)词大家与南唐二主的词风有着重要的影响。他"日黎明间省毕,即骑马出,入直周庐,率至暮,虽大寒暑,还坐一榻上翻书观之,神止闲定,若无事者。诗萧闲冲淡,得唐人之旨,然喜为长短句特甚。尝言:'诗家自汉魏以来,作者代起,姓氏多渐灭。填词滥觞于唐人,极盛于宋,其名家者不能以十数,吾为之易工,工而传之易久。而自南渡以后弗论也。'其于词,小令取唐五代,宗晏氏父子;长调则推周、秦及稼轩诸家"。

五、"苍凉清怨"的边塞行吟词

（一）日暮时代背景下的歌吟

"明月照积雪""大江流日夜""中天悬明月""长河落日圆"，此种境界，可谓千古壮观。求之于词，唯纳兰容若塞上之作差近之。王国维在《人间词话》中以这样一段文字，把清代词人纳兰容若的塞上之作提到了和盛唐边塞诗并称的高度。在中国文学史上，边塞题材的

诗歌作品曾在盛唐达到了一个高峰。以王昌龄、李顾、高适、岑参等为代表的盛唐诗人们，用雄奇瑰丽的边塞诗歌把盛唐精神推到了旷古的极致。同样是深秋远塞的题材，同样是文坛上独步一时的辉煌，这就不能不引起研究者特殊的兴趣。将纳兰容若塞上词与盛唐边塞诗从各个角度进行一番比较，无疑是一个具有意义的文学课题。

纳兰所处的时代是清朝前期。这个时期，封建王朝虽然在表面上还维持着繁荣和平静，但在这架庞大的国家机器内部，颓唐与凋蔽已经初露端倪。正如《红楼梦》中所言，"百足之虫，死而不僵"，外表的平静无法掩饰日益走向衰败的实际，一个王朝，或者说整个封建社会走向没落的命运已然无可挽回。"一叶落而知秋，在得风气之先的文艺领域，敏感的先驱者们在即使繁华富足，醉生梦死的环境里，也仍然发出了无可奈何的人生空幻的悲叹。"这个时代文艺思潮的特点，在纳兰词中，便集中表现为指向人生本身的感伤情怀。

纳兰的词作中有一种挥之不去的哀伤，不仅是那些凄婉销魂的悼亡词，而是贯穿于整部《饮水词》中。从苍凉的塞上到清丽的江南，到一些看上去豪气干云的赠友之作，都脱不去这种郁郁之气。

一种晓寒残梦，凄凉毕竟因谁。

《清平乐》

香篝翠被浑闲事，回首西风。何处疏钟，一枕灯花似梦中。

《采桑子》

君不信，向西风回首，百事堪哀。

《沁园春》

自然肠欲断，何必更秋风。

《临江仙》

这种哀伤是刻骨的，异于花间派和北宋大部分婉约词人的作品中那些用辞藻粉饰起来的愁情，它甚至脱离了古典诗词传统的"春女善怀"或"秋士易感"的情感主题，而是另一种基于整个时代的历史背景和文艺思潮的内在情绪。它之所以会挥之不去，原因也就在此。

以纳兰个人的经历来看，似乎不应该体验到那么深刻的哀伤。一位翩翩佳公子，出身显贵（纳兰的父亲是大学士明珠，当朝重臣），又兼绝代才华，文武双全，年未弱冠即升任康熙身边三等侍卫（后晋为一等），爱情、友情、仕途，常人所期望的他全都拥有了。除了体弱多病与年轻丧偶，好像并没有什么理由让这位年轻才子终日沉浸忧郁。那么，这种哀伤的来源就不能不归结于时代了。作为一位清朝的词人，纳兰容若的作品在抒写个人的性灵之外，必然会反映出时代和社会的主流；而晚清那种大厦将倾的

危机感和日渐清晰的衰落感，自然也就渗透进了纳兰词的基调之中。

（二）深深的感伤情怀

边塞的苍凉和战场的残酷，让感伤情怀不可避免地渗透进了抒情言志的边塞诗歌当中。纳兰塞外行吟词既不同于遣戍关外的流人凄楚哀苦的呻吟，又不是卫边士卒万里怀乡之浩叹，他是以御驾亲卫的贵介公子身份扈从边地而厌弃仕宦生涯。一次次的沐雨栉风，触目皆是荒寒苍莽的景色，思绪无端，凄清苍凉，于是笔下除了收于眼底的黄沙白茅、寒水恶山外，还有发于心地的"羁栖良苦"的郁闷。

纳兰词中所抒愁情，大致可分两种：一是思乡怀远，"羁栖良苦"的游子之恨；一是由眼前"黄沙白茅、寒水恶山"的塞外景色生出的兴亡之感。前者如《浪淘沙·野宿近荒城》《临江仙·六曲阑干三面雨》等，"身在关外，心眷闺中，更兼客中病酒怀归，柔肠百转，不胜寂寞萧索""明日近长安，客心愁未阑"，凄凉之语，令人魂销。这类词的艺术特色与他的爱情词相近，婉转细腻，用笔良多蕴致，抒情深挚自然。

值得注意的是

后者，如《蝶恋花·出塞》《南歌子·古戍》等，"感慨倍多，遥思腾越"，作苍凉慷慨之语，内中却是不胜怅惘，兴亡之叹成为这些词中最重要的主题。纳兰词中的悲凉未尝不是纳兰自己感伤心境的折射，而联系到前朝的盛衰兴亡、繁华零落，历史的沉思、个人的客愁交织在一起，从而更加重了这种感伤的厚度和深度。

纳兰容若对于人生的虚幻，始终抱有一种特殊的敏感。无论是"东风回首尽成非，不道兴亡命也，岂人为"的消极悲慨，还是"从前幽怨应无数，铁马金戈，青冢黄昏路"的幽婉怨怼，始终是由具体情事出发，而落脚在对人生、对历史的况味上。可以说，纳兰的感伤情怀是由客体指向自身，又由自身指向人生、历史的大课题的。但最终的归结，还是由厌倦尘世而生出的虚幻和无奈。

六、纳兰容若词中的人情美

　　因为纳兰性德的词少雕琢，善白描，"纯任性灵，纤尘不染"，所以他那种从不同角度抒发出来的多层次的内心情感特别能打动读者，人们在细心咀嚼他的词时能真切地感受到他词中表现出来的人类生活中最美好的东西——真挚的人情。

（一）对真爱的执著追求

纳兰性德对纯真爱情的执著追求，对恋人妻子的真情挚爱，使他的许多诗中描写的爱情生活十分旖旎动人。如《落花时》一词："夕阳谁唤下楼梯，一握香荑，回头忍笑阶前立，总无语，也依依。笺书直恁无凭据，休说相思，劝伊好向红窗醉，须莫及、落花时。"写的就是他与恋人之间的那种心心相印的温情和且亲且嗔的缠绵怜爱。另一首《减字木兰花》更是描写了恋人时相逢不语恐人撞见，情怯怯的钟爱之情：

"相逢不语，一朵芙蓉著秋雨。小晕红潮，斜溜鬟心只凤翘。 待将低唤，直为凝情恐人见。欲诉幽怀，转过回阑叩玉钗。"这两首词虽未详写情人的容貌，然其韵致已跃然纸上。

可惜纳兰性德的妻子在婚后不久就离世而去。多情者，不以生死易心，挚爱甚笃的纳兰性德写下了不少凄婉哀伤的悼亡词，读来令人涕下。

与爱情这一人类永恒主题可以相媲美的，便是离合悲欢之情，它构成了人生情感中又一千古绝唱。 剪不断的离愁幽思，道不尽的勉强慰藉。纳兰性德词在表达人类的离别之情和客旅之苦方面，苍凉清怨，出神入化。

纳兰性德感叹人生诸多离别。他说："谁复留君住 叹人生几番离合，便成迟暮。"(《金缕曲·西溟言别赋此赠之》)甚至叹息"浮生如此，别多会少，不如莫遇"(《水龙吟·再送荪友南还》)。他

以月赋离情，要人们莫轻离别，他比喻人的会少离多，犹如天月常缺："辛苦最怜天上月，一夕入环，夕夕都成玦。"（《蝶恋花》）

（二）对美好人情的向往

纳兰性德词中充满着对美好人情的向往。他写道："人生若只如初见。"（《木兰花令·拟古诀绝词》）期望人们永远像刚刚见面那样情浓意厚，真诚无猜。当他看到"芳草绿黏天一角，落花红芹水三弓"之时，即想到"好景共谁同"（《忆江南》），渴望与心爱之人共享天伦之乐。

他追求并呼唤人间的温情："人间何处问多情"（《浣溪沙》），表达了一种欲求温情而不得的失落感。在《蝶恋花·出塞》一首中，他连用了四个"深"字，为多情唱颂歌："一往情深深几许？深山夕照深秋雨。"因为只有在出塞之时，他才更体会到荒凉索情，才更需要真情的慰藉。

在纳兰性德的词里，情宵独坐，邀月言愁，良夜孤眠，呼蛩语恨，这些都表现了自古以往凄清委婉的人之常情，清丽之句频频迭见。如"小院新凉，晚来顿觉罗衫薄，不成孤酌，形影酬酢"（《点绛唇》）；"一钩新月几疏星，夜阑犹之寝，人静鼠窥灯"（《临江仙》）；"依旧乱蛩声里，短檠明灭，怎教人睡"（《秋水·听雨》）。雨能令昼短，也能令夜长。纳兰性德常在词中把声声檐雨，谱出回肠。如"今夜相思几许，秋雨，秋雨，一半西风吹去"（《如梦令》）。"因听紫塞三更雨，欲忆红楼

半夜灯"（《鹧鸪天》）。

纳兰性德深谙中国诗人的自然观，在沿用中华民族的情趣习俗基础上，他的情感语言又是用他的天然情趣、真情实感悟出来的，因此他的诗意虽充满他的独立自足的个性，又同时符合人的共通的感受。

（三）自然地直抒胸臆

纳兰性德的词直抒胸臆，自然流丽，风格近似李煜词。陈维崧曾说："《饮水词》哀感顽艳，得南唐二主之遗。"（《词评》）

周之琦也说："纳兰容若，南唐李重光后身也。予谓重光天籁也，恐非人力所能及。容若长调多不协律，小令则格高韵远，极缠绵婉约之致，能使残唐坠绪，绝而复续，第其品格，殆叔原，方回之亚乎。"（《箧中词》一引）

纳兰性德自己论词时也极崇尚李煜，曾说："花间之词如古玉器，贵重而不适用；宋词适用而少贵重。李后主兼而有之，更饶烟水迷离之致。"他词中的许多情趣旨意也着力倚仿承继李煜。当今几部文学史都认为纳兰性德得李煜之遗"大致不差"（中国科学院研究所《中国文学史》第三册）。然而，纳兰性德的词尽管在凄惋感伤、单纯明净的格调上继承了李煜词的风韵，但就词的内容实质上却有两处与李词很不相同。

李煜词的哀怨渗透了亡国君主丧失宫廷享乐生活的无限感伤，如"故国不堪回首月明中"（《虞美人》），写囚徒生

活的哀痛心情，如"梦里不知身是客，一晌贪欢"（《浪淘沙》），写对宫廷豪华生活的迷恋，如"佳人舞点金钗溜，酒恶时拈花蕊嗅，别殿遥闻箫鼓奏"（《浣溪沙》）。而纳兰性德为人谨慎，避谈世事，是一个竭其肺腑待友的人，"所交游皆一时俊异，于世所称落落难合者"。（徐乾学《纳兰君墓志铭》）

在他的词中漠视功名利禄，他的词"韵淡疑仙，思幽近鬼"（杨芳灿《纳兰词·原序》），有的是骚情古调，侠肠俊骨，却绝无官场贵族气。他以海鸥相比以寄志，"可觉得，海鸥无事，闲飞闲宿"

（《满江红•茅屋新成却赋》）。他蔑视浮名，感叹地说："百感都随流水去，一身还被浮名束"（同上）。他曾劝友不求功名，"且乘闲，五湖料理，扁舟一叶""任西风吹冷长安月"（《金缕曲•慰西溟》）。徐乾学在墓志铭中赞扬他说："抗情尘表，则视若浮云；抚操闺中，则志存流水。于其殁也，悼亡之吟不少，知己之恨尤多。"其伤其恨，皆与奢华生活无涉。

七、《饮水词》经典词赏析

纳兰有词作三百余首，集中收录在《饮水词》中——名从"如鱼饮水，冷暖自知"，《五灯会元》里道明禅师答卢行者语中来，颇有炎凉之意。按说，纳兰的父亲明珠权倾朝野，他也是康熙的宠信近侍，可为什么他的词作中多呈愁肠、泪眼、伤心、憔悴之语？什么原因使他一直浸淫于浓重的伤感情怀中？哪怕只是一首描写初恋情态的《如梦令》。

（一）情恨离别

王国维《人间词话》言纳兰容若"北宋以来，一人而已"。虽大家之言，亦不可盲目轻信，所言虚实，读罢便知。

昏鸦尽，小立恨因谁？急雪乍翻香阁絮，轻风吹到胆瓶梅。心字已成灰！

《忆江南》

此为《饮水词》开篇之作。《忆江南》为初学填词者必习词牌，方家一观便知功力深浅。此一篇写冬季黄昏飞雪，一人于堂前凭风独立。"昏鸦尽"一句语简意明，渲染全篇气氛。古人写飞鸟，多是杜宇、乌鸦。国人谓鸦为不详之鸟，但以鸦入境者颇多佳句，点睛之笔，如"时见栖鸦，无奈归心，暗随流水到天涯""枯藤老树昏鸦"等。成容若气势陡出，开篇即以"鸦"入境。昏鸦已逝，词人临风而立，是等候？是沉思？无言以对。天寒飞雪，如柳絮飞舞台阁旁。"梅"者报春之花，梅花开，自距春天不远，意寓心中生起一丝希望。"胆瓶"二字与下面"心字"皆暗指，心字成灰并非指心字檀香成灰，而指内心世界的

黯黯神伤。容若的此类小令，不经雕饰，全无绮丽言语，韵味凄苦悲凉，久读伤人心深矣！

心灰尽，有发末全僧。风雨消磨生死别，似曾相识只孤灯。情在不能胜。

《忆江南》

此首较之第一首逊色，并无多少可称道之处。只"有发末全僧"尚属好句，然可从此二首词中便可初窥容若词风。容若所做《忆江南》小令中，做隽秀清爽之语者少，偶一有之。如：

江南好，城阙尚嵯峨。故物陵前唯石马。遗踪陌上有铜驼。《玉树》夜深歌。

《忆江南》

此词为容若扈从皇帝至江南情绪较好时所做。江南秀色，维扬佳丽，南朝风物，愉悦人心。金陵城阙尚是"山围故国周遭在"，而"铜驼""石马"典故暗含朝代兴亡，指出江山易主，旧日王城已是"潮打空城寂寞回"。全篇暗中凭吊兴

衰，稍具刘梦得之余味。

西风一夜剪芭蕉，倦眼经秋耐寂寥。强把心情付浊醪。读《离骚》，愁似湘江日夜潮。

《忆王孙》

此篇悲凉顽艳，无一句不惹人愁。萧萧一夜西风，芭蕉虽未凋尽，却也满目疮痍。"倦眼"点明已是深夜，秋夜里词人说自己仍抵得住孤独。言虽如此，也只由浊酒将心情打发，"强"字道破此中真意。难道就如此沉沦下去？悲愤之时读屈子《离骚》，以酒浇胸中之块垒，以诗抒心中之抱负。写至此，此首抒发悲愤之意已出，若俗手必出一狂语收尾，然成容若岂同凡人。"愁似湘江日夜潮"，《离骚》既出，能不忆屈子投身湘江（汨罗为湘江支流），理想抱负无处施展，前途无路，心潮澎湃，如湘江日夜奔流。"雨中黄叶树，灯下白头人"，如此情怀，如此情景，真真愁煞人也！

（二）"冷"的意味

纳兰以爱情词胜，在他许多佳句名作中，"冷"的意味也自始贯连，非是仅见。

昏鸦尽，小立恨因谁？急雪乍翻香阁絮，轻风吹到胆瓶梅，心字已成灰。

　　　　　　　　　　　　　　《梦江南》

辛苦最怜天上月。一夕如环，夕夕都成玦。若似月轮终皎洁，不辞冰雪为卿热。

无那尘缘容易绝。燕子依然，软踏帘钩说。唱罢秋坟愁未歇，春丛认取双栖蝶。

　　　　　　　　　　　　　　《蝶恋花》

飞絮飞花何处是，层冰积雪摧残。疏疏一树五更寒，爱他明月好，憔悴也相关。

最是繁丝摇落后，转教人忆春山。湔裙梦断续应难，西风多少恨，吹不散眉弯。

　　　　　　　　　　　《临江仙·寒柳》

只有一首《画堂春》，与纳兰一贯的词风不同，情感最为激烈：

一生一代一双人，争教两处销魂？相似相望不相亲，天为谁春？　浆向蓝桥易乞，药成碧海难奔，容若相访饮牛津，相对忘贫。

《玉堂春》

可只从他化骆宾王"相怜相念倍相亲，一生一代一双人"之意反其道而用，便也能感受到激情背后丝丝的"冷"。纳兰词中这一"冷"的意蕴非是无由，更不

是什么"为赋新词强说愁"——"纳兰容若以自然之眼观物，以自然之舌言情，此又初入中原，未染汉人风气，故能真切如此"（王国维《人间词话》）。这与他个人色彩浓厚的悲剧心灵密不可分，悲剧是有价值的事物在两种力量的冲突下毁灭和失败。纳兰的悲剧心灵来源于残酷的现实压抑和心中美好愿望的冲突，以及最终的绝望。浸润于浓重的悲剧意识中的玲珑心灵，使得"哀感顽艳"之篇不绝如缕。而如要体察纳兰的真实内心，一首《咏笼莺》或有几分帮助：

何处金衣客，栖栖翠幕中。有心惊晓梦，无计啭春风。

漫逐梁间燕，谁巢井上桐？空将云路翼，缄恨在雕笼。

这首诗以笼中的黄莺自喻，哀怜身世。黄莺栖息于翠幕中，无法自由歌唱、翱翔在春风里，反不如燕子能自在安居，上得了云天，远征万里。

纳兰性德的父亲明珠是清初康熙朝的宰相。历任内务府总管、刑部尚书、都察院御史、兵部尚书、吏部尚书、武英殿大学士、太子太傅、太子太师，一路青云扶摇直上，可谓"朝夕纶扉，以身系天下之大望"（《清史稿·本传》）。纳兰的一生，都处于明珠势力不断上升的时期，生长在裘马轻肥、钟鸣鼎食之家的纳兰于康熙十一年间中顺天乡试举人，由于寒疾告殿，四年后中进士，授三等侍卫，后晋升为一等侍卫。纳兰熟读经史，文武兼备，少年得志，在旁人看来，他直属于"天子用嘉"，可对他而言，侍卫这个职位就像囚着黄莺的笼子般，本

想"一腔热血吞鲸矶",可是却只能"鲛
螭长捧御书闲"。偏偏又恨他不是一个
没有抱负的人。

纳兰初入仕途时正遇上三藩之乱,
他欲请命上战场杀敌,但君、父均不允
许,当他看到"穷荒苦焚掠,野哭声啾
啾,墟落断炊烟,津梁绝行舟"时,油
然产生了一个宏愿,在《金缕曲》中他是
这样写的:"竟须将,银河亲挽,普天一
洗。"这是何等的豪放!堪与苏东坡的"会
挽雕弓如满月,西北望,射天狼"一较
高下。

　　然而这种豪气却始终没有兑现在亲历亲为的实践中。纳兰只有把这一气吞山河的胸怀消磨在仕途官场上，偶露峥嵘，便只在出塞之作，"夜深千帐灯""万帐穹庐人醉，星影摇摇欲坠"几处，纵换得来王国维在《人间词话》中"此种境界，可谓千古奇观"的赞誉，也难抒心中积郁的块垒。

　　严绳孙在《通志堂遗稿序》中说纳兰"惴惴有临履之忧"，以他当时的身份地位，尚且如此，足见那是如何的"日暮风沙恶"了。

　　纳兰所处的时代，是那个社会的繁华之花即将凋零前的最后盛大绽放，虽是烈火烹油，但终不免面临"开到荼蘼花事了"的局面。明珠"是一个善于弄权的官僚，他结党营私，卖官鬻爵，贪婪无比"（张草纫《纳兰词笺注·前言》），起初依附索额图起家，一旦羽翼丰满，便培植势力，与索朋党倾轧。康熙是一个高明的帝王，他对臣子的控制可谓如鱼得水，对朝廷上的党争既控制，又依

赖双方互相制约，在局面上制造着均势。
因此，明珠势力上升，不仅没有给儿子
带来便利，反而在一定程度上阻碍了纳
兰的发展。纳兰于康熙二十一年奔赴索
龙进行侦察，竟就是他九年侍卫生涯中，
唯一的一件独立进行的实际工作，可任
务圆满完成后，他又被束之高阁了。这样，
他怎能不怅然地吟出"我今落拓何所止，
一事无成已如此"？

诗人最是敏感的，"山雨欲来风满

楼"，纳兰个人政治上难抒抱负，又加上善感的心灵，由时代所造的、仿佛就是命运般的悲剧性阴影密布生活诸多方面。他有一首《采桑子》：

谁翻乐府凄凉曲，风也萧萧。雨也潇潇，瘦尽灯花又一宵。不知何事萦怀抱，醒也无聊。醉也无聊，梦也不曾到谢桥。

晏几道有词"昨夜梦魂无捡拘，又逐扬花过谢桥"，纳兰将小山词化为己用。在一个风雨萧萧的夜晚，他被无端的愁绪缠绕着，坐立不安，灯花已经剪尽，一宵也即将过去，可是纳兰却不知自己因何

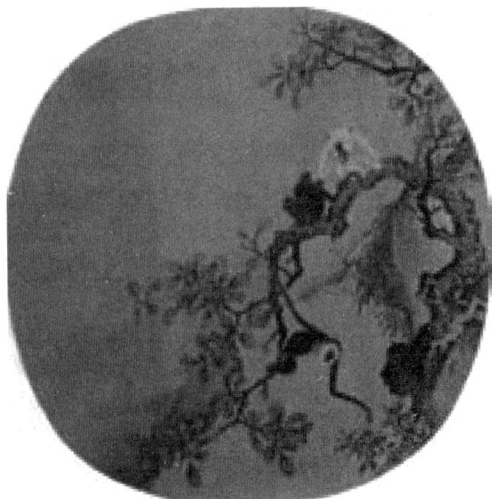

而寂寞，因何而空虚。这不仅是他个人
思想上的苦闷，一整个时代的阴影就是
他心中无法排遣的忧郁，笼去了他头顶
灿烂的阳光。

纳兰根本不知出路在何方。他想在
佛道中寻求解脱，他自号楞伽山人，他
希望自己能"曾染戒香俗念"（《浪淘沙》）。
他许多词中，出现了佛家典故。但像他
这样的贵胄子弟，真的能剃了头，赤条
条来去无牵挂吗？他纵然也做过"罨画清
溪上，蓑笠扁舟一只。人不识，且笑煮
鲈鱼，趁着莼丝碧"的出世梦，但除了

在诗词中，他还有什么途径能过上这种美好恬静的生活呢？

纳兰有机会得近天颜，身侍金阶，但无法一展身手建功立业。在他仕宦生涯中只有两类活动，要不是殿前宿卫，就是随驾出巡。无论哪种活动，他都是一个陪同而已。他和汉族文人顾贞观、朱彝尊、陈维崧等往来，也有曾营救吴兆骞并发付他的后事的义举，在当时的满汉关系中，书写了难得的友谊之篇章。可对于这些比他大上二十多岁的潦倒文

人们来说，有多少人能理解他一片赤子
真诚的背后，不是在发泄心中的郁闷，
有几人真正了解他荣华富贵、锦衣玉食
下的寂寞？他也说："冷冷长夜，谁是知
音者？"他死后顾贞观在祭文中以无比
痛惜的口气说："吾哥所欲试之才，百无
一展；所欲建之业，百不一副；所欲遂
之愿，百无一酬；所欲言之情，百不一吐。"

纳兰有一首《忆王孙》：

西风一夜剪芭蕉，倦眼经秋耐寂寥。

强把心情付浊醪。读《离骚》，愁似湘江日夜潮。

生命的一大部分完全迷失在苦闷中。只有在爱情中寻找更显难得的真诚。事实上，无论顾贞观的"一种凄婉处，令人不能卒读"，还是陈其年的"哀感顽艳"，这些评论大多针对的是纳兰的爱情词而发的。纳兰性德一生的情爱生活始终不谐，发妻卢氏是两广尚书的女儿，这桩婚姻显然颇有政治意味，他们过了几年美好生活，卢氏便夭亡了，此后续娶官氏。曾和江南才女沈宛有段恋情，又遭"满汉禁婚"棒打鸳鸯。

清人笔记记载："纳兰眷一女，绝色也，有婚姻之约，旋此女入宫，顿成陌路。容若愁思郁结，誓必一见，了此宿因。会遭国丧，喇嘛每日应入宫唪经，容若贿通喇

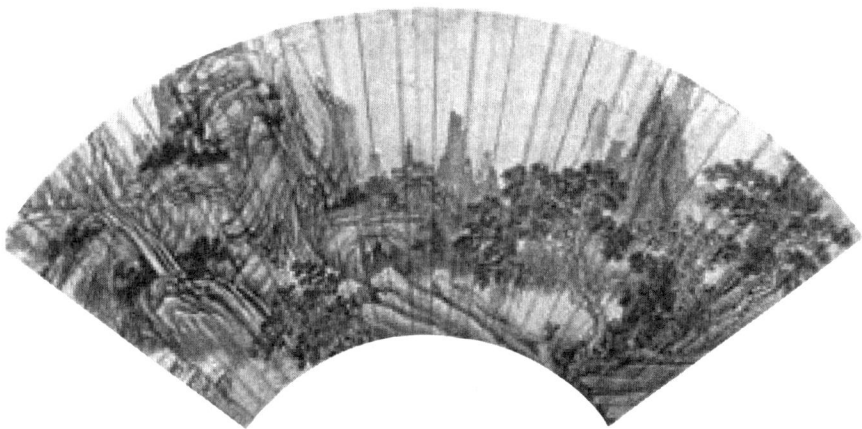

嘛，披袈裟，居然入宫，果得一见彼姝，而宫禁森严，竟如汉武帝重见李夫人故事，始终无由通一词，怅然而去。"（蒋瑞藻《小说考证》引《海沤闲话》）学者中同意这个说法的不在少数。苏雪林在《清代男女两大词人恋史之研究》中，开枝散蔓，指出这个女子是纳兰的"中表或姨表姐妹"，证据是纳兰的《昭君怨》和《柳絮》两词。可以想见，如果前面《如梦令·正是辘轳金井》《浣溪沙·五字诗中目乍成》这样的初恋情词如真有本事可寻的话，自初恋始，纳兰的情感历程就一直交织着"玫瑰色和灰色"（黄天骥先生在《纳兰性德和他的词》中这样来形容概括）。

纵然那个初恋很有点"小说家言"的意味，是真是假无法判断，发妻的早逝无疑使这个多情的男子鬓染零星了。他与卢氏几年短暂的婚姻让他深陷迷情。无论春风夏月，花开花谢，卢氏梨花般的身影总是时刻跃出脑海、映入眼帘，挥之不去。

纳兰也有描写爱情欢乐的篇章，如《浣溪沙·十八年来堕世间》《浣溪沙·旋拂轻容写洛神》《眼儿媚·重见星娥碧海查》等，但他成就最大、最使人荡气回肠、伤情动感的要数他的悼亡之作，如

前所举的《蝶恋花·辛苦最怜天上月》《临江仙·寒柳》等。《临江仙·寒柳》这篇在张秉戍先生的注本中，虽编在"咏物"篇中，但早有毛泽东"悼亡"的批语（见《毛泽东读文史古籍批语集》），点明了意旨。又如《金缕曲·亡妇忌日有感》，确实催人泪下：

此恨何以已。滴空阶、寒更雨歇，葬

花天气。三载悠悠魂梦杳，是梦久应醒矣。料也觉、人间无味。不及夜台尘土隔，冷清清，一片埋愁地。钗钿约，竟抛弃。

重泉若有双鱼寄。好知他、年来苦乐，与谁相倚。我自中宵成转侧，忍听湘弦重理。待结个、他生知己。还怕两人俱薄命，再缘悭、剩月零风里。清泪尽，纸灰起。

开篇五个字，便给人一种绵绵无尽的愁思。在凄凉的思绪笼罩下，还有恼人的细雨，点滴在这暮春时节——既是

葬花时分，也是他的爱妻香消玉殒之时。纳兰不愿意承认妻子死了，他希望妻子只是睡了，睡了三年。孤独的词人希望妻子"是梦久应醒矣"，转眼间尘世的污浊和无聊又袭人而来，不禁意气寂灭，反觉即便妻子真的醒来，也"不及夜台尘土隔"。上阕实写了亡妻忌日的思念之情，也表达了纳兰他伤感身世遭遇的感慨。下阕笔触极为细腻，刻画了一个饮尽别后泪的痴情人儿。爱人虽逝，可是"望庐思其人，入室想其历"，由生想到死，由今世念及来生，"终宵转侧"，难以入眠，只有期盼来生两人重结知己。

情或可通生死，所以在重阳前三日夜，可怜的词人终于梦见了爱妻"素妆淡服，执手哽咽，语多不复记。但临别有云：'衔恨愿为天上月，年年犹得向郎圆'……"这几句见于《沁园春》的序言。未读其诗，见序已经怅然。两人梦中相见，妻子叮咛丈夫的话太多了，沉浸在

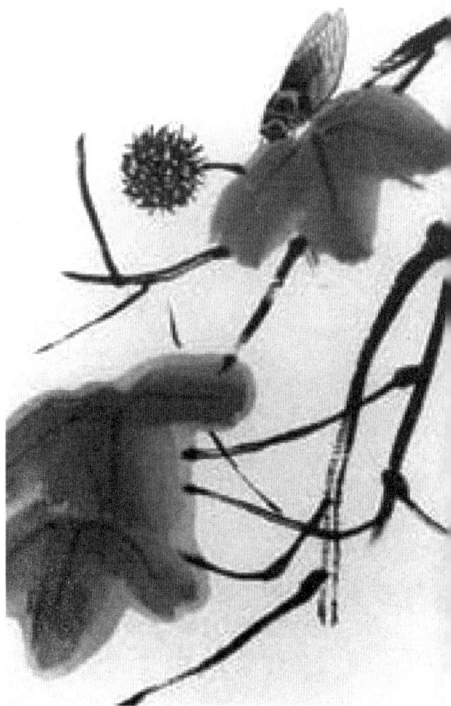

与爱妻相逢的悲喜交加中的纳兰无心多记，足见他思念的苦。他也只有在回忆中获取一些安慰，想想当日与妻子"绣榻闲时，并吹红雨，雕栏曲处，同观日斜"，这在当时看来再寻常不过的生活片段，被沁心彻骨的记忆一丝丝地抽出，怎不教人"不敢卒读"？

纳兰在人生最后一段时日里，感情生活再次遭受打击。他和沈宛由顾贞观搭桥牵线，彼此情投意合，过了一段"欹

角枕，掩红窗"的甜蜜生活，但好景不长，因满汉之别，他们不得不分手。按张草纫先生的笺注，纳兰于康熙二十三年十月随康熙巡视无锡，返京后与沈宛相见，康熙二十四年纳兰去世，当中只有短短几月，可见与沈宛的分手应是他撒手人寰的一个重要原因。

纳兰一生非常短暂，只有三十一个春秋，他有诗说"予生未三十，忧愁过其半。心事如落花，春风已吹断"，在他的爱情词中触目皆是伤痛，一股激情还在燃烧的同时就已经将燃尽后"冷"的遗迹展露无遗，只以他爱情生活中的不完美、不得和谐来解释，则"不见舆薪"。纳兰一切创作中，汹涌着一股悲剧的潜流，只能说，他独特的悲剧式人生是他创造的唯一源泉。纳兰受生活的限制，作品题材比较狭窄，也很难说有多高的

思想境界，他只得一个"真"字，把个人的情感和经历，写得真切感人，同时又少了那种矜才使气、堆砌辞藻的习气，以独特的白描手法，令一个"悲"字淋漓尽致。在他人生的晚期，写有一首《采桑子》：

谢家庭院残更立，燕宿雕梁，月度银墙，不辨花丛那辨香？

此情已自成追忆，零落鸳鸯，雨歇微凉，十一年前梦一场。

下阕首句是李商隐的"此情可待成追忆，只是当时已惘然"，只是在纳兰处，十一年来入世生涯不过零丁一梦，还有什么惘然呢？若还未曾大彻大悟，也该知道梦终有醒时了吧。

所以说，纳兰性德的爱情词，不管是悼亡还是怀人，无不浸透了他辛酸的泪，他怀念的、悼亡的不仅是他的恋人、他的妻子，也是他梦中和幻想中美好无

争的桃花源，是他忧郁的流逝的青春
的写照，是他冲不破的藩篱，割不断
的羁绊，是他对遮盖在蓝天的乌云
的喟叹，也是他对不可抗拒的命
运的叹息和对自己一生荣华富贵
却无力实现梦想的悔恨。纳
兰性德的爱情词是他伤感无
奈一生的结晶，是他唯一的宣泄
处。在那个要为"三不朽"奋
斗终生的社会里，自谓"我
是人间惆怅客"的纳兰性
德，爱情词是他最后一道抵御世
俗的脆弱防线。

（三）木兰花令——拟古决绝词

人生若只如初见，何事秋风悲画扇。
等闲变却故人心，却道故人心易变。
骊山语罢清宵半，夜雨零铃终不怨。
何如薄幸锦衣郎，比翼连枝当日愿。

此调原为唐教坊曲，后用为词牌。始见《花间集》韦庄词。有不同体格，俱为双调。但《太和正音谱》谓：《花间集》载《木兰花》《玉楼春》两调，其七字八句者为《玉楼春》体。故本首是为此体，共五十六字。上下片除第三句外，余则皆押仄声韵。

词题说这是一首拟古之作，其所拟之《决绝词》本是古诗中的一种，是以

女子的口吻控诉男子的薄情，从而表态与之决绝。如古辞《白头吟》："闻君有两意，故来相决绝。"唐元稹有《古决绝词》三首等。这里的拟作是借用汉唐典故来抒发"闺怨"之情。词情哀怨凄婉，屈曲缠绵。汪刻本于词题"拟古决绝词"后有"柬友"二字，由此而论，则这"闺怨"便是一种假托了，这怨情的背后，似乎有着更深层的痛楚，无非借闺怨作隐约的表达罢了。故有人认为此篇是别有隐

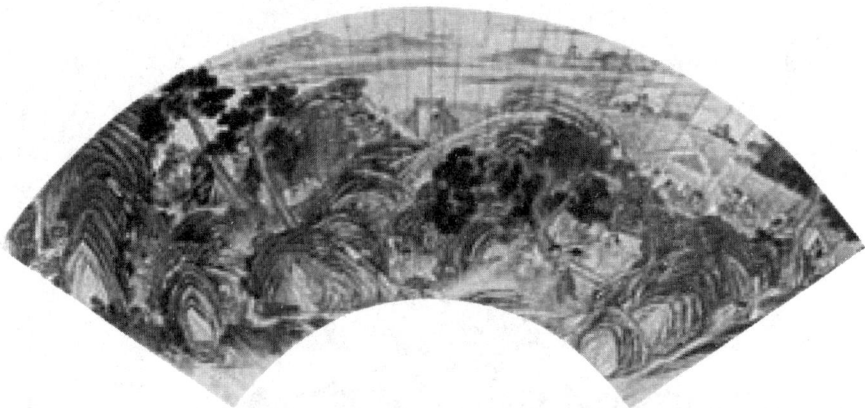

情，无非是借失恋女子的口吻，谴责那负心的锦衣郎的。

（四）《长相思》

山一程，水一程，身向榆关那畔行，夜深千帐灯；

风一更，雪一更，聒碎乡心梦不成，故园无此声。

山一程，水一程描写的是一路上的风景，也有了峰回路转的意思。一程又一程，就像一个赶路的行者坐在马上，回头看看身后走过的路的感叹。如果说山一程，水一程写的是身后走过的路，那么身向榆关写的是作者往前瞻望的目的地。查资料得知榆关乃是山海关，"那畔行"三字是通俗化语言，犹如"那厢""那处"，人在什么时候会脱口说出俗语，很显然是在放松和高兴的时候。这一句，表明作者的心情是颇有些激动的，甚至有些豪迈的情趣。

夜深千帐灯，写出了皇上远行时的壮观。想象一下那幅场景吧，风雪中，蓝得发黑的夜空下，一个个帐篷里透出暖色调的黄色油灯，在群山里，一路绵

延过去。那是多么壮观的景象！不过为什么不是万帐灯呢？我认为"万"字更能体现诗人豪迈、直抒胸意的特点。而"千"字用在这里，既有壮观的意思，又不夸张，也表明作者是个谨慎、内向的人。

风一更，雪一更。"一更"是指时间，和上面的一程所指的路程，对仗工整。风雪夜，作者失眠了，于是数着更数，感慨万千，又开始思乡了。不是故园无此声，而是在故园有亲人，有天伦之乐，让自己没有机会观察这风雪，在温暖的家里也不会觉得寒冷。而此时此地，远离家乡，才分外地感觉到了于风雪夜异乡旅客的情怀。

总的来说，写得很传神动情，可是壮观处体现不出作者的大气魄。可能和他宦官家庭出身，父亲谨慎为官的教育有关。

（五）《如梦令》

正是辘轳金井，满砌落花红冷。蓦地一相逢，心事眼波难定。谁省？谁省？从此簟纹灯影。

小令首句点明了相遇的地点。纳兰生于深庭豪门，辘轳金井本是极常见的

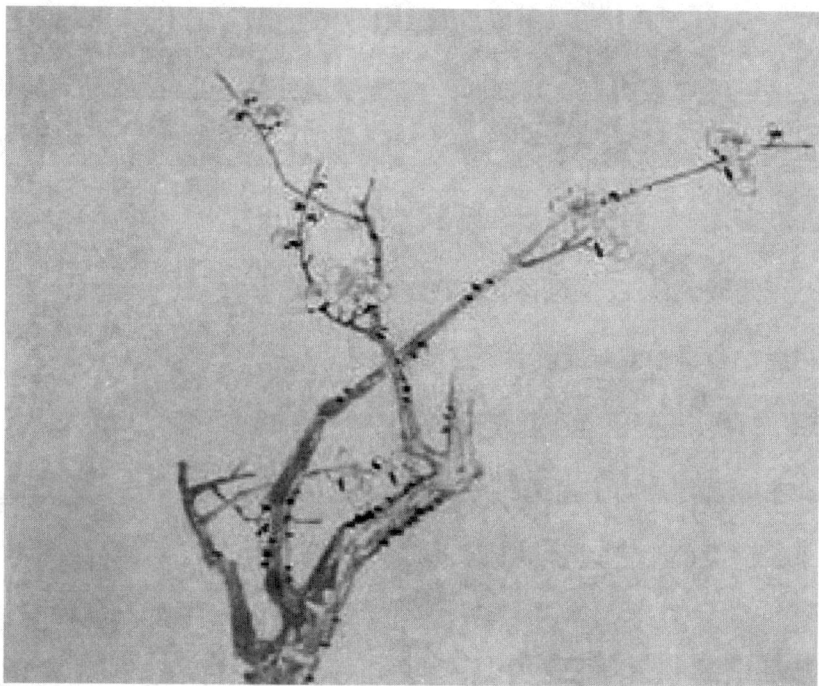

事物，但从词句一开始，这一再寻常不过的井台在他心里就不一般了。"正是"二字，托出了分量。纳兰在其他作品中也常使用"辘轳金井"这一意象，如"淅沥暗风飘金井，乍闻风定又钟声，薄福荐倾城"（《忆江南》），"绿荫帘外梧桐影，玉虎牵金井"（《虞美人》）。玉虎，辘轳也。

"满砌落花红冷"既渲染了辘轳金井之地的浪漫环境，又点明了相遇的时节。

金井周围的石阶上层层落红铺砌，使人不忍践踏，而满地的落英又不可遏止地勾起了词人善感的心绪。常人以落红喻无情物，红色本是暖色调，"落红"便反其意而用之，既是他自己寂寞阑珊的心情写照，也是词中所描写的恋爱的最终必然的结局的象征吧。最美最动人的事物旋即就如落花飘堕，不可挽留地消逝，余韵袅袅杳杳。

在这阑珊的暮春时节，两人突然相逢，"蓦地"是何等的惊奇，是何等的出人意表，故而这种情是突发的，不可预料的，也不可阻拦的。在古代男女授受不亲的前

提下，一见钟情所带来的冲击无法想象。可是，恋人的心是最不可捉摸的，"心事眼波难定"，惊鸿一瞥的美好情感转而制造了更多的内心纷扰，所以，"谁省？谁省？从此簟纹灯影"这一直转而下的心理变化，正是刹那间的欣喜浸入了绵绵不尽的忧愁和疑惑中——对方的心思

无法琢磨，未来的不可测又添上了一份
恐慌，于是，深宵的青灯旁、孤枕畔，
又多了一个辗转反侧的不眠人儿。

　　纳兰这首初恋情词极为精巧雅致，
细细读来如观仕女图般，字虽简练，情
却绵密，可与晏几道的"落花人独立，
微雨燕双飞"一比。另有一首《浣溪沙》：
"五字诗中目乍成。尽教残福折书生。手
挼裙带那时情。"写的也是初恋情态。少

女默默无语，纤手轻捻裙带，潜藏心底的深情却已一泄无遗。只是结果如何呢？"别后心期和梦杳，年来憔悴与愁并。夕阳依旧小窗明。"短暂的幸福感后，其相思苦恋的痛苦忧伤就更突出了。

这首《如梦令》最令人咀嚼思索的，莫如那个"冷"字。这并不是一个单纯的情境修饰语词，而是在创作中词人心绪最真实贴切的写照。那首《浣溪沙》中虽没有这样的字眼出现，但是细品意味，那一种冷澹凄清的内蕴也绝非难以体会得到的。

（六）《金缕曲·亡妇忌日有感》

此恨何时已。滴空阶、寒更雨歇，葬花天气。三载悠悠魂梦杳,是梦久应醒矣。料也觉、人间无味。不及夜台尘土隔，冷清清、一片埋愁地。钗钿约，竟抛弃。

重泉若有双鱼寄。好知他、年来苦乐,与谁相倚。我自中宵成转侧,忍听湘弦重理。

待结个、他生知己。还怕两人俱薄命，再缘悭、剩月零风里。清泪尽，纸灰起。

这首词是作者悼亡词中的代表作。性德妻卢氏 18 岁于归，伉俪情深，惜三载而逝。"抗情尘表，则视若浮云；抚操闺中，则志存流水。于其殁也，悼亡之吟不少，知己之恨尤多"。纳兰性德悼亡词有四十首之多，皆血泪交溢，语痴入骨。此词尤称绝唱。

词从空阶滴雨，仲夏葬花写来，引起伤春之感和悼亡之思；又以夜台幽远，

音讯不通，以至来生难期，感情层层递
进，最后万念俱灰。此生已矣，来世为期？
全词虚实相间，实景与虚拟，所见与所思，
糅合为一，历历往事与冥冥玄想密合无
间，而联系这一切的，是痛觉"人间无味"
的"知己"夫妇的真挚情怀，严迪昌点评：
纳兰性德虚年32岁就去世，他赋悼亡之
年是24岁，作这阕《金缕曲》是三年祭，
再过五年他自己也"埋忧地下"。卢氏卒

后，他实际上是"续弦"了的，但"他生知己"之愿，"人间无味"之感，几乎紧攫了他最后十年左右的心脉。

词人在《采桑子·塞上咏雪花》词中有"不是人间富贵花"之句，这一令人惊悚的心音，可说是不自在、不安宁的灵魂的集中发露。卢氏这位帷内红粉知己的逝去，加深着他对"人间"的厌弃和逆反感。三年祭的悼亡心曲的重心正落在"料也觉、人间无味"上。说"也觉"，是指亡妻认同自己的感受有共识，这绝

对是"知己"之感，从而益坚缘结"他生"的心愿。纳兰的苦心驱笔，思路从"梦"与"醒"的对应点的转化切入。

这首词的下片开头，词人期望能了解卢氏亡故以后的情况。这当然是以人死后精神不死，还有一个幽冥的阴间世界为前提的。此亦时代局限使然，也未尝不是词人的精诚所致，自然无可厚非。"重泉若有双鱼寄。好知他、年来苦乐，与谁相依？""重泉"，即黄泉，九泉，俗称阴间。双鱼，指书信。古乐府有"客从远方来，遗我双鲤鱼。呼儿烹鲤鱼，中有尺素书"之诗，后世故以双鲤鱼指书信。倘能与九泉之下的亡妻通信，一定得问问她，这几年生活是苦是乐，他和谁人伴，此乃由生前之恩爱联想所及。

词人在另两首题为《沁园春》的悼亡词中也说："记绣榻闲时，并吹红雨；雕栏曲处，同倚斜阳。"又曰："最忆相看，娇讹道字，手剪银灯自泼茶。"由生前恩

爱，而关心爱人死后的生活，钟爱之情，可谓深入骨髓。词人终夜辗转反侧，难以成眠。欲以重理湘琴消遣，又不忍听这琴声，因为这是亡妻的遗物，睹物思人，只会起到"举杯消愁""抽刀断水"的作用，而于事无补。

词人不仅把卢氏当做亲人，也当成挚友，在封建婚姻制度下，这是极为难

得的。词人有欲"结个他生知己"的愿望，仍怕不能实现："还怕两人俱薄命，再缘悭、剩月零风里。"词人甚至担心两人依旧薄命，来生的夫妻仍不能长久。缘悭，指缘份少；剩月零风，好景不长之意。读词至此，不能不使人潸然泪下。新婚三年，便生死睽隔，已足以使人痛断肝肠，而期望来生也不可得，这个现实不是太残酷了吗？在封建制度下，婚姻不以爱情为基础，故很少有美满的，难得一两对恩爱夫妻，也往往被天灾人祸所拆散。许多痴情男女，只得以死殉情，以期能鬼魂相依。词人期望来生再结知己，已是进了一步。但又自知无望，故结尾"清泪尽，纸灰起"二句，格外凄绝。

（七）《临江仙·永平道中》

独客单衾谁念我，晓来凉雨飕飕。缄书欲寄又还休，个侬憔悴，禁得更添愁。曾记年年三月病，而今病向深秋。卢龙风

景白人头。药炉烟里，支枕听河流。

这一阕《临江仙》作于永平道中，永平是指清代的永平府，其故境在今河北省东北部陡河以东，长城以南的地区，是出关通辽东的必经之路（山海关一带），由此可知容若作此词时是初登征程后不久。

用词体咏边塞风情，宋元以后并不多见，因为职务关系，纳兰容若多赴塞外，

眼界之开阔是一般文弱书生比不了的。其写边塞词，因为他个性的原因，词境绝少乐观明亮，词意也黯沉。《清词史》严迪昌云："几乎是孤臣孽子的情绪。"

读这首词的时候，似乎还能看见容若靠在那里，支起枕头，侧耳听着隐隐的水声而担忧憔悴，如若收到这生病的家书必定会愁上添愁，身体娇弱的伊人，又怎么禁受得住呢？

这么多年以后，他脸上沧桑更浓，不再是那个动辄一声弹指泪如丝的少年公子了。甚至没有皱眉，他只是神色悠悠地靠在那里—风物稀疏，景色萧条，令人陡增伤感。

多年以后，玉人已逝。而他，情感几经开谢，姿态已收敛成熟；只是靠在那里，非常安静；成为在药炉烟里，支枕听河流的静默男子。